Ippolita Avalli

Die Perleninsel

SERIE PIPER

Zu diesem Buch

Niemand, so scheint es, kann Giulia nach dem plötzlichen Unfalltod ihrer Eltern in ihrer Verlassenheit helfen – bis ein Traum ihr die Kraft gibt, ihr Leben neu zu gestalten: Sie folgt dem jungen Priester Jean auf die japanische Insel Amami, ohne ihm aber je wieder zu begegnen. Dennoch findet sie dort Erfüllung, seit sie weiß, Liebe zu empfinden ist wichtiger, als Liebe zu empfangen. Ihren unendlichen Gefühlen gibt Giulia Ausdruck, indem sie die Steine am Strand mit dem einzigen Wort beschriftet, das je zwischen ihr und Jean gewechselt wurde: »Amami – liebe mich!« Ippolita Avallis märchenhafter Roman verbindet die Leichtigkeit eines Traums mit der Magie der fernöstlichen Inselwelt. Eine Liebesgeschichte, so geheimnisvoll und schillernd wie eine Perle.

Ippolita Avalli wurde 1949 in Mailand geboren. Nach der Veröffentlichung mehrerer Romane, darunter »Warten auf Ketty« und »Die Ungetreue«, gilt sie als eine der interessantesten zeitgenössischen Autorinnen in Italien. Auf deutsch erschien außerdem ihr Roman »Die Göttin der Küsse« (1998).

Ippolita Avalli
Die Perleninsel

Ein Märchen über die Liebe

Aus dem Italienischen von
Viktoria von Schirach

Piper München Zürich

Das Gedicht von Emily Dickinson wurde ins Deutsche übertragen von Margarete Längsfeld.

Von Ippolita Avalli liegt in der Serie Piper außerdem vor:
Die Göttin der Küsse (3069)

Ungekürzte Taschenbuchausgabe
Piper Verlag GmbH, München
Januar 2002

Titel der italienischen Originalausgabe:
»Amami«

Umschlag: Büro Hamburg
Isabel Bünermann, Meike Teubner
Foto Umschlagvorderseite: Rebekah Crossman / photonica
Foto Umschlagrückseite: Roberto Ferrantini
Satz: Kösel, Kempten
Druck und Bindung: Clausen & Bosse, Leck
Printed in Germany ISBN 3-492-23472-0

Für Alessandro

Mein Fluß fließt zu dir her –
Du Meer! Wer bin ich, wer?
Sei gnädig meinem Fluß –
O Meer – nimm seinen Gruß –
Mit Bächen speis' ich dich
Aus Quellen manniglich –
Oh – mich verzehr – Meer!

Emily Dickinson

Dies ist die Geschichte von Giulia, so wie sie mir erzählt worden ist.

Der Herbst ist schon fortgeschritten, und sie schreibt auf die Steine einer tropischen Insel auf einem Archipel am Ende unserer Welt leidenschaftliche Sätze für den Mann, den sie liebt.

Vor vielen Jahren hat er sie zutiefst geliebt, wenn auch nur einen Augenblick lang. Ihr zuliebe hat er sein Gelübde gebrochen, und dieser Moment der Liebe hat sein Leben verändert. Und damit auch ihres.

Auf dem Archipel wissen alle, wer Iyashi no shishô *ist, »der heilende Meister«. Sein Name ist bekannt auf den Nansei-Inseln. Die Leute suchen ihn auf wie einen Heiligen. Er berührt sie mit den Händen und befreit sie dadurch von ihren Beschwerden. Er gibt ihnen neue Hoffnung.*

Sie kennen auch Giulia. Ishi ni mono o kaku gaijin, *»die Ausländerin, die auf Steine schreibt«, nennen sie sie.*

Hier spricht man unendlich viele Dialekte, aber um bis zu ihm zu dringen, kann Giulia sich nur ihrer Muttersprache bedienen. Mit ihrem Mut hat sie erreicht, daß aus dem Wort ihr Frau-Sein wurde und aus dem Schreiben Liebe.

Früher oder später wird all das bei ihm ankommen und ihn berühren, denkt sie.

Dann brauche ich nicht mehr zu schreiben. Wenn er mich umarmt.

Gerade die Tatsache, daß er ihr nicht antwortet, gibt ihr die Kraft, weiterzumachen. In Erwartung seiner Antwort ist sie alt geworden

Aber die Liebe trägt sie weiterhin.

Die Nicht-Erfüllung ihrer Beziehung ist für Giulia bis zu diesem Zeitpunkt das erfüllteste Moment ihres Lebens.

I

Als sie zu den Inseln abreiste, war Giulia fast noch ein Mädchen. Sie hatte eine glückliche Kindheit hinter sich. Eine ideale Jugendzeit. Das Schicksal hatte ihr sehr viel von dem, was man sich wünschen kann, mitgegeben: Schönheit, Intelligenz, ein leidenschaftliches Naturell. Ein umgängliches Wesen. Intuition. Wichtige Erkenntnisse. Wohlstand. Unbeschwertheit.

Doch plötzlich war das alles zu Ende.

Das Auto ihrer Eltern war erst gegen eine Baumreihe geschlittert und dann in eine Schlucht gestürzt. Gleich zu Anfang des Unfalls hatte ihre Mutter die Verriegelung gelöst, und mit ihrer Schulter hatte Giulia die hintere Tür aufdrücken können. Bei einem Aufprall wurde sie aus dem Auto geschleudert, unversehrt.

Die Mutter hatte ihr das Leben gerettet und es ihr zum zweiten Mal geschenkt. Doch das konnte Giulia nicht annehmen. Sie fühlte sich schuldig. Warum hatte sie überlebt, wenn die Menschen, die sie mehr liebte als alles andere auf der Welt, tot waren?

Darauf gab es keine Antwort. Angesichts des unermeßlichen Wertes, den das Leben für uns hat, gibt es keine Antwort, die eine wirkliche Begründung für den Tod darstellen könnte.

Etwas hatte sich unerbittlich um Giulia gelegt. Eine Schicht, die sie innerlich gefrieren ließ und sie von der Realität fernhielt.

Sie verbrachte ihre Tage allein, immer unterwegs, ohne mit irgend jemandem zu sprechen. Mit der Schule und ihren Freunden wollte sie nichts mehr zu tun haben. Erst im Morgengrauen schlief sie ein und fuhr dann plötzlich mit weit aufgerissenen Augen wieder hoch. Nur der Tod konnte Gerechtigkeit schaffen. Sie flehte ihn stumm herbei. Die Hände über der Brust gekreuzt, stellte sie sich vor, wie sie über sie Schwelle treten würde. Als Antwort wehte vom Wohnzimmer der schwache Duft der Tabakspfeife ihres Vaters herüber und ein Hauch von Sandelholzparfüm, dem Lieblingsduft ihrer

Mutter. Doch die Gerüche entschwanden gleich wieder.

Sie lief in das Schlafzimmer ihrer Eltern und verkroch sich im Schrank. Sie vergrub ihr Gesicht in den Anzügen ihres Vaters. Küßte den Saum des Mantels ihrer Mutter. Sie dachte an zärtliche Momente. Sie hätte alles gegeben, um wieder bei ihnen zu sein.

Irgend jemand hätte mit einer langen Nadel die Kummerblase aufstechen müssen, in der sie gefangen war. Dann hätte die schmerzliche Spannung, aus der sie bestand, sich auflösen können, und sie wäre ins Leben zurückgekehrt.

Doch das geschah nicht. Und die unsichtbare Trennwand drückte gegen sie, hielt sie in der Schwebe zwischen dem Moment, als sie noch im Auto saß, und dem, als sie unversehrt an den Rand des Abgrunds herausgeschleudert worden war.

Nicht weit genug diesseits und nicht weit genug jenseits der Schwelle.

2

Warum haben Schuldgefühle die Macht, uns zu lähmen?

Wie unter der Einwirkung einer Droge war jetzt alles in Giulia undurchsichtig und verlangsamt. Sie hatte weder Wünsche noch Erwartungen. Das Mädchen voller Pläne und Einfälle, das sie vorher gewesen war, war auf die Größe einer Bohne zusammengeschrumpft. Sie verlangte nach nichts mehr. Sie wollte nichts mehr. Stumm verbarg sie sich in der neuen Giulia, die lief und lief, ohne zu wissen, wohin.

Sie lief durch die Stadt und zog dabei ihre Seele wie ein schweres Bündel hinter sich her.

Für einen lächerlichen Preis hätte sie sie bereitwillig verkauft! Was für eine Erleichterung wäre es gewesen, gegen eine Mauer geschleudert zu werden und zu sehen, daß einem der eigene Schatten endlich nicht mehr nachlief!

3

Eines Nachmittags stand sie vor einer Kirche.

Einsam, am oberen Ende eines sonnenbeschienenen Treppenaufgangs. Vom Verkehr umzingelt und zugleich abgetrennt, eine Welt für sich.

Wie ähnlich sie sich waren! Giulia blieb wie hypnotisiert stehen, um sie anzusehen.

Ein Bild aus dem Land der kostbaren Augenblicke kam ihr in den Sinn. Um so kostbarer, als sie nunmehr verloren waren: Ihre Mutter, die sich das Kreuzzeichen macht.

Ging sie deshalb hinein?

Das Kirchenschiff war leer und still.

Eine alte Frau stand auf, so daß ein Beichtstuhl knarrte.

Alles in der Kirche erinnerte sie an ihre Kindheit. Der Geruch, die Andacht, die vertrauten Gesten aus einer glücklichen Vergangenheit. Sie verspürte das Bedürfnis, niederzuknien.

Aus dem Gitter drang ein zarter Duft nach Bittermandeln, zugleich mit einer sanften Stimme, die ihr Herz aufwühlte.

»Im Namen des Vaters, des Sohnes und des Heiligen Geistes …«

Ein Riß im Rock. Eine Laufmasche. Ein abgebrochener Fingernagel. Das war das Gefühl, das Giulia in sich spürte. Irgendwo in ihrem Inneren.

Sie fing an zu weinen. Ein gedämpftes Weinen. Je mehr sie weinte, desto mehr mußte sie weinen. Ihr Kopf war leer, ihre Stirn drückte gegen das Gitter, die Hände hingen an den Seiten herab, sie unterdrückte ihr Schluchzen, war verloren in der Flut, die über ihr Herz hereinbrach.

Der Beichtvater auf der anderen Seite des Gitters wartete stumm.

Die Zeit verrann. Giulia konnte nicht mehr sprechen. Sie konnte nicht mehr aufhören zu weinen.

Als sie sich endlich beruhigt hatte, lag bereits Schatten auf den Rosetten der Kirchenschiffe und färbte sie schwarz.

War der Priester noch da?

Ja, in der Tat:

»Beten Sie für die Engel, und Sie werden sehen, die Engel beten für Sie«, sagte die Stimme liebenswürdig.

4

Sobald die Stimme nicht mehr da war, versank Giulia wieder in dem Land aus Eis. In der Nähe der Stimme hatte sie ihre eigene Klagemauer gefunden.

Sie kam immer öfter in die Kirche. Nachmittags, immer zur gleichen Zeit.

Sie wartete ab, bis sie die letzte war. Sie kniete nieder. Der Priester sagte die Formel auf, und sie begann zu weinen.

Giulia glaubte, sein Amt als Diener Gottes mache diesen Priester zu jemandem, der sie nicht anlügen durfte. Auf keinen Fall.

In all dem lag die Verheißung einer Erlösung.

War es das, was sie tröstete?

War es das, was sie zum Weinen brachte?

5

LANGSAM, GANZ LANGSAM bildete sich wieder der frühere, echte Kern von Giulia.

Er wuchs rings um die Worte des Priesters. Die wenigen Worte, die er von Zeit zu Zeit zu ihr sagte, gruben sich tief in ihr Herz. Giulia wiederholte sie wie eine Zauberformel, sie schwebten zu ihr herab wie ein Segen.

»Wie viele Fehler wir auch begehen mögen, in Gottes Liebe sind wir alle unschuldig.«

Wie durch einen starken Windstoß entstand in der Kummerblase ein Riß. Die Wände zitterten.

Ein erstes Zeichen der Besserung war, daß sie eines Morgens nicht wie gewöhnlich rasch in der Küche einen Milchkaffee hinunterschüttete, sondern den Tisch deckte.

Beim Abwaschen hörte sie ganz deutlich die

Stimme des Priesters, die sagte: »Lassen Sie meine Hand nicht los!«

Obwohl sie genau wußte, daß sie allein war, drehte Giulia sich unvermittelt um. Die Tasse glitt ihr aus der Hand, fiel auf den Boden und rollte unter das Waschbecken.

Unversehrt.

Zum ersten Mal seit dem Unfall mußte sie lächeln.

6

IM SCHUTZ DES Gitters hörte der Priester ihr zu, während sie weinte. Giulia wußte nicht, daß er Jean war. Jean wußte nicht, daß sie Giulia war.

Keiner der beiden konnte sich auch nur im entferntesten vorstellen, was sie in Kürze füreinander bedeuten würden.

Die Geste, die sie überwältigen sollte, wartete um die Ecke, in der Zukunft, auf jener Realitätsebene, die schon da ist, aber noch auf die richtige Erscheinungsform wartet, um sich unseren Sinnen zu offenbaren.

7

Manchmal ruhte sie sich in einem Park in der Nähe ihrer Wohnung aus.

Sie setzte sich ins Gras, den Rücken an den Stamm einer Palme oder einer Pinie gelehnt, und beobachtete die Leute. Es war wieder Frühling geworden. Die Pärchen küßten sich, die Hundebesitzer führten ihre Lieblinge aus, die Jungs spielten in Grüppchen Fußball.

Seit sie regelmäßig zur Beichte ging, erfüllten die zur Schau gestellten Zärtlichkeiten sie nicht mehr mit Neid. Die große weiße Leere, die sie in sich spürte, wenn sie die Augen schloß, machte ihr weniger angst, wenn sie von Menschen umgeben war, die sich gern hatten.

Ganz sachte kam der Schlaf über sie.

Sie träumte, sie sei in einen festen, dunklen Raum eingeschlossen und habe ein offenstehendes Türchen in ihrer Brust. Durch dieses war ihr Herz entkommen. Giulia spürte, wie es ganz weit weg schlug. Ach, ich bitte dich, komm zurück! Ich flehe dich an, wie soll ich ohne dich leben?

Sie fiel wie Blei nach unten, durchschnitt das Licht. Durchquerte den ganzen Himmel. Sie landete an einem tropischen Strand mit feinem Sand und Lavabrocken, die wie fette Krebse vorwärts krochen und sie bis zum Wasser trugen. Neben einem Felsen, an dem sich die Wellen brachen, standen zwei Palmen, die aus einem einzigen Stamm wuchsen: die kleinere, dünnere, lehnte sich an die andere, die einen kräftigen Stamm hatte. Ein Junge saß auf einem Felsen und wartete auf sie. Die Nacht hatte sich mit der ganzen Zärtlichkeit des Dunkels auf seine Haut und sein Haar gelegt, mit allen Wurzeln der Kraft, und Giulia fand, daß sie noch nie in ihrem Leben etwas so Schönes gesehen hatte.

Der Junge hatte beide Hände ganz vorsichtig wie einen Kelch um ein lebendiges, dunkelrotes Herz geschlossen, das auf seiner dunklen Haut leuchtete, und er lachte vor Freude. Giulia hatte ihn noch nie vorher gesehen, aber sie erkannte sofort, was es war: das Herz war ihres.

Auf einmal stand der Junge neben ihr.

»*Amami*«, flüsterte er. »Liebe mich!«

Seine Lippen berührten ihre Lippen. Giulias Mund gab nach.

Er küßte sie innig, und da kehrte das Herz mit einem Sprung wieder in ihre Brust zurück.

Jetzt, wo er es mir gestohlen hat, kann er es mir ruhig zurückgeben, dachte Giulia, und in diesem Moment wachte sie auf. Verliebt, mit einem unbekannten Geschmack im Mund.

Die Sonne war untergegangen. Der Park war leer, ein starker Wind fegte über die Lichtung und drückte das Gras zu Boden.

8

VON NATUR AUS war Pater Jean überreichlich ausgestattet mit Barmherzigkeit und Mitgefühl für alle leidenden Kreaturen, für ihre nicht zu übersehenden Mängel, und sein aufrichtiger Wunsch war es, kraft seines Amtes ein nützlicher Diener Gottes zu sein.

Das heftige Weinen des Mädchens verwirrte ihn. Hätte er nur das Schwert des Erzengels Michael besessen, um es zu besiegen, so wie der heilige Georg im Kampf mit dem Drachen gesiegt hatte! Trotzdem glaubte er fest daran, ihm ein Ende setzen zu können. Geduldig wollte er warten, bis die Tränen versiegten und sie den Mut fände, zu sprechen. Dann würde er sie von ihren Sünden freisprechen und ihr im Namen Gottes die Absolution erteilen.

Man hatte ihm beigebracht, wie man Gedanken, Worte und Handlungen zurückhält. Aber niemand hatte ihm beigebracht, wie man Flüssigkeiten dämmt.

Soviel er wußte, hatte nur Jesus es geschafft, das Wasser zu bändigen, als er darüber schritt. Sogar Petrus, der immerhin ein Heiliger war, war untergegangen.

Durch die Spalte im Gitter sah er jedesmal besorgt zu, wie das Mädchen näher kam und sich hinkniete. Er spürte ganz deutlich die Heftigkeit und den Duft ihrer Tränen.

Es kam vor, daß sich sein Hals zusammenschnürte.

Es kam vor, daß er seinen gesamten Glauben aufbieten mußte, um nicht mit ihr zu weinen.

9

DEM DUNKELHÄUTIGEN JUNGEN war es zu verdanken, daß Giulia sich wieder mit dem Leben versöhnte. Sie dachte ununterbrochen an ihn. Jeden Abend, bevor sie ins Bett ging, rief sie sich den Traum noch einmal in allen Einzelheiten ins Gedächtnis. Mit geschlossenen Augen ließ sie ihre Gedanken zum Strand zurückwandern, sah wieder die großen Steine, die sie vorwärts trugen, den Felsen, die Palmen, das Meer. Aber wer fehlte, war er – der Felsen war leer. Dann beschwor sie noch einmal sein Bild herauf: seine Hände, die ihr Herz festhielten, der Kuß, den sie ausgetauscht hatten. Wieder und wieder ließ sie die Szene ablaufen, um ihn kommen zu lassen.

Doch er blieb fort.

Also nahm Giulia Papier und Stift zur Hand. Sie wollte die Farben ihrer Nacht festhalten, die Zärtlichkeit des Dunkels und die Wurzeln ihrer Kraft, um davon zu zehren. Sie brauchte es. Aber sie konnte nicht gut zeichnen. Es gelang ihr lediglich, zwei Bögen zu malen, die aus demselben Sockel kamen, einen größeren und einen kleineren: die beiden Palmen. Ein paar liegende S: die Steine. Einen Strich im Hintergrund: das Meer.

Sie hielt inne und kaute ein wenig am Ende ihres Stifts. Dann gab sie sich einen Ruck. In Druckbuchstaben schrieb sie an die Stelle, wo das Gesicht des Jungen hingehört hätte: *Amami*. Liebe mich.

Sie betrachtete das Resultat. Liebe mich, flüsterte sie immer wieder hingebungsvoll, als könnte er sie hören und sich mit ihr darüber freuen.

Sie küßte das Blatt, faltete es zusammen und verbarg es an ihrem Busen.

10

Das Blatt trug sie immer bei sich. Wenn sie sich umzog, steckte sie es in das neue Kleid. Wenn ihre Finger es zufällig in einer Tasche, im Büstenhalter, im Strumpf berührten, fuhr sie zusammen und lächelte unmerklich wie ein kleines Mädchen, das ein Geheimnis hat.

11

Jetzt war es viel weniger schlimm, zu Hause zu sein. Sie hatte so viel zu tun! Nun hieß es, die Scherben ihres früheren Lebens, die der Unfall zerbrochen hatte, aufzusammeln und neu zusammenzufügen.

Sie geduldig aneinanderzukleben. Nicht, um die Vergangenheit zu verherrlichen, eine Ikone aus ihr zu machen, sondern um sie zu archivieren, damit sie sich erinnern konnte, ohne davon bestimmt zu werden. Sie hatte geglaubt, sie müsse immer in der Kummerblase gefangen bleiben. Doch ein Junge, der aus dem ungreifbaren Stoff der Träume gemacht war, hatte sie befreit. Ein Junge, dessen Name die Welt vorwärts trieb.

In jenen Tagen der Wiedergeburt war Giulia vom Gefühl des Staunens erfüllt: Sie hatte alles verloren, was ihr gehörte, und durch den Verlust hatte sie es wiedergefunden.

12

SIE HATTE DIE Fenster im Schlafzimmer ihrer Eltern weit aufgerissen, um die Umkleidekammer und die Schränke zu lüften. Die Schreibtischschubladen ihres Vaters hatte sie geleert und die Wäscheschubladen ihrer Mutter.

Als sie eine Kirchenglocke läuten hörte, schreckte sie hoch.

Der Priester! Seit sie sich verliebt hatte, war sie nicht mehr in die Kirche gegangen. Auch wenn das im Grunde genommen natürlich war, da ihre Tränen versiegt waren, hatte sie ihm gegenüber ein schlechtes Gewissen. Sie hätte sich zumindest bei ihm bedanken müssen. Sie stand in seiner Schuld. Ohne seine Hilfe hätte sie nie zu sich zurückgefunden.

Es dämmerte, und die Kirche war wie immer leer. Kerzen, Irrlichter auf den Altären, in den Kapellen.

Ein schwacher Duft von Weihrauch. Giulia ging zum Beichtstuhl. Sie kniete nieder. Nichts regte sich. Durch die Spalte des Gitters drang kein Geruch nach Bittermandeln.

Giulia wartete und als niemand kam, ging sie zum Hauptaltar.

Neben dem Chor gab es eine Tür mit dem Schild: Sakristei. Giulia öffnete sie. Sie führte in einen Raum voller kirchlicher Gegenstände. Die gegenüberliegende Seite ging auf den Hof hinaus. Im Licht der Dämmerung fielen Giulia die Blätter einer Magnolie ins Auge. Unter dem Baum stand ein Priester. Er war in die andere Richtung gewandt, über irgend etwas gebeugt.

»Entschuldigen Sie...«

Der Priester drehte sich um. Das Buch, das er gerade las, fiel ihm aus der Hand. Giulia spürte, wie es sie eine Handbreit über den Erdboden erhob, als sie über dem gestärkten Kragen des Brusteinsatzes das Gesicht erblickte, das sie so sehnlichst gehofft hatte, wiederzusehen.

Auf der Haut, auf dem Haar des jungen Priesters lag die Nacht mit aller Zärtlichkeit des Dunkels, mit allen Wurzeln der Kraft.

Beim Herunterfallen war das Buch zugegangen. Der Titel auf dem Deckblatt war deutlich zu sehen. Giulia konnte nicht umhin, ihn zu lesen. *Dichtung vom tiefinnern Sang*, Federico García Lorca.

Er lächelte, und es war, als schlitze eine Klinge aus Licht den weichen Schatten des Abends auf.

»Ich bin Pater Jean«, sagte er.

Und Giulia erkannte die Stimme, die sie aus tausenden herausgekannt hätte: die Stimme ihres Beichtvaters.

Sie öffnete den Mund, um etwas zu sagen. Und ihr entfuhr ein Wort, das sich in ihrem Gehirn noch in demselben Moment auslöschte, in dem sie es aussprach.

Ihr Blick trübte sich, und sie fiel ohnmächtig zu Boden.

Als sie wieder zu sich kam, war der Priester über sie gebeugt. Aufgelöst, den Kragen des Brusteinsatzes verrutscht, und mit einem Ausdruck von Freude und Hingabe, der Giulia bis in die Haarspitzen erröten ließ.

Sie war schweißgebadet. Sie versuchte, sich aufzurichten, und er half ihr. Ihre Bewegungen waren fahrig und ungeschickt, und als ihre Hände sich berührten, zogen beide sie so ruckartig zurück, als hätten sie ins Feuer gefaßt.

Giulia klammerte sich an die Banalität von *Entschuldigung, Danke, Bitte keine Umstände,* und das verstörte sie noch mehr. Also sagte sie gar nichts mehr, auch wenn die Stille auf ihr lastete wie ein Mühlstein.

Sie sammelte die Sachen auf, die ihr aus der Tasche gefallen waren, und ein paar Münzen, aber sie wäre am liebsten im Erdboden versunken, als sie sah, daß auch der Zettel halb aufgeschlagen auf dem Boden lag.

Sie riß ihn an sich und zerknüllte ihn. (Ob er ihn gesehen hat? Mein Gott, hat er ihn etwa gelesen? fragte sie sich, ohne zu bedenken, daß die Zeichnung für ihn überhaupt keinen Sinn haben konnte.)

Sie ging rückwärts bis zur Tür und neigte den Kopf zum Zeichen des Abschieds, was allerdings zu einer halben Verbeugung geriet.

Sie floh, fort von dem Schrecken, den sein bloßer Anblick ihr bereitete, ohne anderen Fluchtweg als ihren eigenen Kummer.

13

GEFÜHLSCHAOS, AUFRUHR, Fassungslosigkeit, eine Flut von Gedanken und Vermutungen trafen in Giulias Kopf aufeinander. Sie war vollkommen außer sich.

Auch nach mehreren Stunden war sie nicht ruhiger geworden. Sie fühlte sich glücklich und traurig zugleich. Von der Gnade berührt und von der Mißgunst getroffen. Angstvoll und mutig. Verliebt und ohnmächtig. Hingebungsvoll und unnütz.

Warum geschieht mir all das? Warum bin ich vom Pech verfolgt? fragte sie sich, glühend vor Eifer und Begeisterung.

Jener winzige Teil von ihr, der nicht aufgehört hatte, an das Leben zu glauben, hatte ihr einen barmherzigen Beichtvater geschickt, der ihre Tränen zu dämmen wußte.

Die wiedergefundene Kraft hatte ihr im Traum einen wundervollen dunkelhäutigen Jungen geschickt, in den sie sich verliebt hatte.

Dann war der Geliebte aus dem Traum ein junger Mann aus Fleisch und Blut geworden.

Und er war der Beichtvater: ein Priester, der sich über sie beugte, mit aufgelösten Zügen und verrutschtem Brusteinsatz.

14

Was sollte sie denken? Was sollte sie tun? Wie sollte sie sich verhalten? Mit ihm sprechen? Um was zu sagen? Was würde sie ihm je Sinnvolles sagen können?

Nichts, das sollte sie tun, einfach nichts. Nicht mehr daran denken. Vergessen. Ihn vergessen.

Doch je mehr sie sich bemühte, nicht mehr daran zu denken, desto mehr beschäftigte er sie. Sie quälte sich damit, sich zu erinnern, was sie ihm gesagt hatte, bevor sie in Ohnmacht fiel. Da ihr das nicht gelang, stellte sie sich das Unvorstellbare vor.

Jean, wiederholte sie ständig, Jean.

Sie lebte, als würde sie in der Luft hängen. Aus dem Lot geraten, orientierungslos. Sie schimpfte sich einen Dummkopf, aber sie spitzte die Ohren, als könnte er sie von einem Moment zum anderen plötzlich rufen.

Doch an welchen ›ihn‹ dachte sie eigentlich, wenn sie an *ihn* dachte?

An den Jungen aus dem Traum, oder an Jean, den Priester?

Eine Stimme drang aus der Tiefe ihres Herzens und sagte zu ihr: Du weißt es, du weißt es genau – es ist keiner von den beiden.

Es war die dritte Kraft, die aus den beiden zusammen bestand, vereint in ihrem Gefühl und ihrem Begehren.

15

MAN KÖNNTE SAGEN, daß das, was uns passiert, deshalb passiert, weil es in uns eine Entsprechung findet.

Weil wir etwas wissen, von dem wir nicht wissen, daß wir es wissen.

Weil der Versuch, das zu erfahren, von dem wir nicht wissen, daß wir es wissen, unsere größte Leidenschaft ist.

Giulia lief immer wieder durch die Korridore der Ereignisse. Sie öffnete alle Türen, ging in alle Zimmer. Sie erstellte ein Inventar der Möbel und der Gegenstände. Irgend etwas fehlte immer. Ein Zugang, zu dem sie keinen Schlüssel hatte und der ihr verschlossen blieb. Sie verharrte davor mit einer präzisen Empfindung, die für ihren Verstand ebenso rätselhaft war wie für ihre Gefühle offensichtlich.

Wenn sie sich nicht leicht öffnen ließ, dann war es,

weil sich hinter ihr ein Geheimnis verbarg, das in Wirklichkeit ein Rätsel war.

Giulia konnte nicht wissen, daß das Rätsel die Liebe an sich war. Aber sie ahnte, daß Jean die Lösung dafür kannte.

Sie mußte bloß den Mut finden, ihn danach zu fragen.

Im Traum hatte er sie dazu gebracht, sich in ihn zu verlieben.

Im Beichtstuhl hatte er ihren Tränenfluß gedämmt.

In der Wirklichkeit würde er die richtigen Worte finden, um ihre Leidenschaft zu zügeln und sie vor dem Unglücklichsein zu retten.

16

Bevor sie den Mut fand, in die Kirche zu gehen, vergingen mehrere Wochen. Ein Hin und Her von Möglichkeiten, die sie immer wieder verwarf. Sie wollte ihm einen Brief schreiben und zerriß einen ganzen Notizblock. Himmel, was schrieb man bloß einem Priester, der noch dazu eine andere Hautfarbe hatte! Jetzt wußte sie auch, was der Geruch nach Bittermandeln war, der sie vom ersten Mal an so betört hatte: der Duft seiner Haut! Und sein Akzent hatte etwas Rauhes, Wildes, von dem sie eine Gänsehaut bekam. Vielleicht hatten die Männer der Urzeit dieses Timbre, als sie aus Lauten die ersten Worte bildeten.

Jede Einzelheit dessen, was sie mit dem Priester Jean erlebt hatte, ließ Schamgefühle in ihr aufsteigen. Jede Schattierung dessen, was zwischen ihr und dem dunkelhäutigen Jungen geschehen war, machte ihr angst. So sehr sie sich gewünscht hatte, daß ihr Traum Wirklichkeit würde, so sehr fürchtete sie sich nun vor dem Einschlafen.

Nach langem Zögern begab sie sich zum Beichtstuhl.

Doch aus seinem Inneren drang kein Duft nach Bittermandeln, und die Stimme, die sie gemäß dem Ritual der Beichte begrüßte, war nicht die, die sie erwartet hatte.

Giulia sprang auf; ins Mark getroffen, rannte sie so heftig los, daß sie sich am Taufbecken festhalten mußte, um Atem zu schöpfen. Der Vorhang des Beichtstuhls war etwas zur Seite gezogen, und das Gesicht eines ältlichen Priesters beäugte sie neugierig.

Eine Weile lang geschah nichts. Dann tauchten zwei Frauen aus der Sakristei auf und gingen in Richtung Ausgang, wobei sie sich leise unterhielten.

»Er sagt, er hat ihn jede Nacht schluchzen hören. Sein Kissen soll am Morgen so naß gewesen sein, als hätte er es unter den Wasserhahn gehalten.«

»Der Arme, er ist ja noch so jung, wer weiß, was für ein Kummer ihn so zum Weinen gebracht hat.«

»Schlechte Nachrichten aus seinem Land. Die

führen dort dauernd Krieg. Er sagt, daß seine Mutter ihn nur retten konnte, weil sie ihn erst in einem Korb versteckt hat und dann unter der Kutte eines Jesuiten.«

»Zwanzig Jahre! Auch wenn er ein Priester ist – was versteht ein Zwanzigjähriger schon vom Leben!«

»Wohin haben sie ihn geschickt?«

»Weit weg. Zu weit weg. Ans andere Ende der Welt.«

17

Bedrückt kehrte Giulia heim. Sie nahm das Blatt aus der Schublade und breitete es auf dem Tisch aus (seit dem Abend in der Kirche trug sie es nicht mehr bei sich). Sie betrachtete die Zeichnung mit unendlicher Liebe. Ein schrecklicher Gedanke: bald würden die Bleistiftspuren auf dem Papier nicht mehr zu sehen sein. Mit einem Kugelschreiber zog sie die Linien der Palmen nach, die liegenden S, die die Steine darstellten, das Wort *Amami,* sein liebes Gesicht.

Auch wenn du nicht da bist, für mich wirst du immer Jean bleiben, dachte sie. Die Kälte ließ sie mit den Zähnen klappern.

Ihre Hände zitterten.

Bestürzt sah sie, wie das Blatt unter ihren Fingerkuppen schwarz wurde und ließ es los.

Zu spät. Es rauchte bereits. Das Feuer züngelte

unter der Seite entlang. Im Nu hatte es die ganze Zeichnung verschlungen.

Das Papier wurde zu einer schwefelfarbenen Membran, leicht wie die Federn eines Rotkehlchens. Es zerfiel, sobald Giulia es mit den Fingerspitzen berührte.

18

Sie wusste nicht mehr, was sie tun sollte, und schlüpfte unter die Bettdecke. Sie fühlte sich müde, entsetzlich müde. Gleich war sie eingeschlafen.

Sie träumte, sie sei an einem tropischen Strand. Jean wartete auf sie. Er saß nicht mehr auf dem Felsen, sondern stand aufrecht da mit seinem Ornat, dem verrutschten Brusteinsatz und mit jenem Ausdruck freudiger Überraschung und Hingabe, den er auch letztes Mal gezeigt hatte.

Er blickte sie mit unendlicher Liebe an und zog währenddessen eine pralle, orange glänzende Tulpe aus seiner Tasche. Er reichte sie ihr so vorsichtig, als sei sie sehr zerbrechlich, und sagte mit einer Stimme, die sie erbeben ließ: »Das ist mein Ich selbst. Nimm es, du weißt, was du damit tun mußt.«

Giulia sah sofort, daß die Blütenblätter dieser großen, einsamen Blume eine Hülle waren, die an der Seite einen Reißverschluß hatte. Sie öffnete ihn. Darin war nichts.

Plötzlich erwacht, führte Giulia ihre zitternden Finger zum Mund. Sie wußte jetzt wieder, was sie in der Kirche zu Jean gesagt hatte.

»*Amami,* liebe mich!«

Liebe mich! hatte sie zu ihm gesagt, und dann war sie in Ohnmacht gefallen.

19

Das Fieber stieg weiter. Es blieb tagelang hoch und wollte nicht nachlassen. Das ganze Zimmer roch nach Bittermandeln. Giulia lag erschöpft im Bett. Sie spürte, wie Jeans Hände sie liebkosten, sein Mund war überall.

Wieder und wieder lupfte ihr dunkler Engel den Saum einer Wolke und ließ ihre Weiblichkeit triumphierend durch die Tore des Paradieses schlüpfen.

Als das Fieber nachließ, war Giulia nicht mehr allein. Ein widerstandsfähiges Samenkorn hatte sich in ihr verankert, um zu keimen und durch sie bis ans Ende der Welt weiterzuwachsen.

20

DIE ZEIT DANACH war für Giulia wie eine schnurgerade Linie. Sie hatte wieder angefangen, zur Schule zu gehen, und bereitete sich auf die Reifeprüfung vor. Sie nahm Nachhilfestunden, um das Versäumte nachzuholen. Sie war fleißig, las, dachte nach. Sie ging ins Kino, machte Spaziergänge. Sie machte Eindruck mit ihrer Zurückhaltung und ihren glutvollen Augen. Ob die anderen ahnten, welches Feuer sie unter der Asche schürte?

Giulia ging ihnen einfach aus dem Weg.

Sie wollte nicht, daß jemand ihr Geheimnis erriet: Daß sie verliebt war und zuversichtlich darauf wartete, daß – worauf eigentlich?

Auf eine Antwort auf ihre Gebete, eine Hand, die die kleine Pflanze pflückte, zu der der Samen im Frühling heranwachsen würde. Denn da die Jugend mit der Zukunft großzügige Verträge schließt – und man ist immer jung, wenn man verliebt ist –, hatte Giulia beschlossen, daß sich nichts ändern würde. Wenn Jean nicht hier war, würde sie ihn eben von fern lieben.

Ist die Liebe nicht selbst dann fern, wenn sie nah ist?

Leuchtet sie nicht um so stärker, wenn sie nicht ahnt, daß sie erwidert wird?

21

Auch wenn sie nichts kommen sah, Giulia wartete. Sagen wir, auf ein Zeichen. Um nicht zu sagen, auf ein Wunder. Es war nichts Genaues, aber sie glaubte mit aller Kraft daran.

Und das Wunder geschah. Oder besser gesagt, es offenbarte sich in Form eines Briefes. Der Absendestempel bestand aus Ideogrammen. Giulia wußte sofort, daß er von Jean kam. Wer sonst hätte ihr vom anderen Ende der Welt geschrieben?

Sie war so aufgeregt, daß sie den Brief nicht zu Hause aufmachen konnte. Sie brauchte den idealen Ort dafür. Nach einer längeren Taxifahrt wurde ihr klar, daß sie ihn nicht finden würde: es gibt keinen idealen Ort. Also ließ sie sich aufs Land fahren, gleich hinter den Stadtrand.

Sie lief über ein freies Feld, umsäumt von Wolken. Es drohte zu regnen.

Vorsichtig öffnete sie den Umschlag, um ihn nur nicht zu beschädigen. Er enthielt eine kurze Botschaft, die in eleganter Schrift abgefaßt war.

»*Ich befinde mich jetzt im Süden Japans*«, schrieb Jean, »*und ich bin froh, hier zu sein,*

der Himmel donnerte,

die Leute hier sind einfach und herzlich, sie lieben das Leben und sind freundlich zu den gaijin, *den Ausländern. Ich kümmere mich um die Armen, um verlassene Kinder, und die Sorge um diejenigen, die nichts haben, lindert meine Qual, mit mir selbst zurechtzukommen. Jeden Tag, jeden Abend, jeden Augenblick, in all meinen Gebeten flehe ich Gott an, mir zu verzeihen,*

Giulia ließ sich ins Gras fallen, während der Regen losprasselte …

mir zu verzeihen, daß ich gefehlt habe. Ich versuche nicht, mich zu rechtfertigen, ich war mir vollkommen bewußt, was ich da tat – Du warst so schön, so wunderschön! – noch nie in meinem Leben war mir etwas so Schönes passiert, noch nie hatte jemand eine solche Bitte an mich gerichtet.

… Der Regen prasselte, dicke Tropfen trafen das Blatt und ließen die Tusche explodieren und die Tusche breitete sich aus und fraß die Wörter, sobald Giulias Blick darauf gefallen war, und sie wußte nicht, was sie tun sollte, schneller lesen oder sich unterstellen, um das Geschriebene zu retten …

Amami, hast Du gesagt, liebe mich, und Deine Unschuld und Deine Schönheit haben mich emporgehoben, an jenen höheren Ort, wo wir Menschen alle ohne Gesetz und ohne Erinnerung sind; in Deiner Liebe versunken war ich einen Augenblick lang bedingungslos und definitv ein freier Mensch.

Doch ich habe gegen das Gebot verstoßen, das mich zu dem macht, was ich bin, und dem ich mich noch vor Dir verpflichtet hatte.

Deshalb knie ich zu Deinen Füßen nieder und flehe Dich an: Verzeih mir. Ich bitte Dich darum, denn Gott wird mir nicht verzeihen, solange Du es nicht tust.

Nichts wird ausgelöscht, das, was geschehen ist, wird weiterhin geschehen, wenn auch in anderer Form. Bei meinen Irrfahrten bin ich irgendwann auf diesem Archipel gelandet, und auf einer Insel, deren Name so lautet wie Deine Bitte. Und hier bin ich geblieben. Hier werde ich für immer bleiben.

Wenn Du mir dank Deiner unendlichen Güte ver-

zeihst, dann werde vielleicht eines Tages auch ich mir verzeihen können.«

Jean

Das Blatt war inzwischen vollkommen unleserlich, die Tusche war verlaufen.

Giulia ließ den Regen über ihr Gesicht rinnen, über ihr Haar. Er ließ ihre Kleider schwer werden und erfüllte sie mit Freude und Glück.

Jeans Worte tanzten in ihrem Kopf herum. Jetzt, wo er es ausgesprochen hatte, war ihr, als hätte sie es immer schon gewußt. Ihre Erregung kreiste um den Satz: *in Deiner Liebe versunken*; der Rest zählte nicht für sie. Sie fragte sich nicht, was Jean eigentlich sagen wollte.

Oft steckt die Wahrheit nicht in dem, was die Worte sagen, sondern in dem, was sie verbergen.

Wußte Giulia das?

Daß der Regen sie ausgelöscht hatte, war für sie bedeutungslos.

Was ist schon so unbesiegbar wie ein in Liebe entbranntes Herz?

22

Was ist weiser als ein in Liebe entbranntes Herz?

Ein liebendes Herz weiß, daß das größte Unglück des Menschen darin besteht, daß er vergißt. Sobald sie zu Hause ankam, schrieb Giulia Jeans Brief aus dem Gedächtnis in ein Heft, das sie in eine Schublade legte.

Doch noch etwas wußte Giulia. Daß Papier ein empfindliches, leicht vergängliches Material ist.

Sie besorgte sich ein paar glatte Steine und kaufte eine Diamantnadel. Sie breitete alles auf dem Eßtisch aus und ritzte langsam, aber kraftvoll und geduldig Jeans Worte eines nach dem anderen in den Stein.

Sie brauchte dafür sehr lange, und als sie fertig war, tat ihr die Hand so weh, daß sie die Finger nicht mehr ausstrecken konnte. Aber das Wichtigste war getan.

Diese Worte würden nach ihr weiterleben. Sie würden in der Welt bleiben, sehr lange noch, auch wenn sie schon jenseits der Grenze war.

23

JEAN. WARUM HATTE er nicht mit Pater Jean unterschrieben? War er kein Priester mehr? Und wenn er kein Priester mehr war, was war er jetzt?

Jean. Jean. Jean. Er war ein Zug, der sein Tempo in der Kurve nicht verlangsamte, er hallte in ihren Schritten nach, wenn sie ging, schwang in ihrer Stimme mit, wenn sie sprach, bestimmte den Rhythmus ihrer Kieferbewegungen, wenn sie aß.

Er war ein Ruf, der sich in ihrer Brust zusammengeballt hatte, der ihr Herz zum Klopfen brachte und den der Takt ihres Atems in der Luft zu lieblichen Schnörkeln formte.

Sie schlug die Japankarte im Atlas auf. Sie suchte einen bestimmten Namen und fand ihn auch: Amami ôshima. Inselgruppe Amami shotô, Archipel eines größeren Archipels namens Nansei.

Das offene Buch auf dem Kopfkissen, strich sie

mit dem Finger die Einbuchtungen der Inseln nach, die um den Hals des Östlichen Chinesischen Meeres aufgefädelt waren wie auf einer Perlenkette.

Obwohl sie auf dem Weltatlas verzeichnet waren, wollte es ihr nicht gelingen, Amami ôshima und Amami shotô als physische, geographische Orte zu betrachten.

In ihren Ohren klangen sie wie das Flehen eines Liebenden, der aus dem Dunkel ruft.

24

DER SOMMER GING und überließ seinen Platz dem Herbst. Zugvögel bevölkerten die Pinien in den Alleen.

Giulia schlief hinter geöffneten Fenstern, neben ihrem Gesang.

Eines Nachts spürte sie im Halbschlaf eine eisige Liebkosung auf ihrer Stirn. Sie riß die Augen auf und war hellwach, alarmiert. Das Zimmer versank im blassen Licht des heraufdämmernden Morgens.

Auf dem Kissen, neben ihrem Kopf, ruhte ein großer dunkler Schatten. Giulia ahnte mehr, als daß sie etwas erkannte. Sie sprang vom Bett herunter und flüchtete in die am weitesten entfernte Ecke. Sie zitterte vor Angst, aber sie wollte hinsehen. Auf ihrem Kissen saß eine Fledermaus und pumpte, als wollte sie gleich losfliegen.

Die Gegenstände im Zimmer begannen sich langsam im Morgenlicht abzuzeichnen. Ein Sonnenstrahl kroch übers Fensterbrett und strahlte den Fußboden an.

Die Fledermaus flatterte los. Sogleich huschte eine zweite unter dem Bett hervor und schloß sich ihr an. Als die beiden durchs Fenster davonflogen, wurde das Zimmer einen Moment lang ganz dunkel.

Giulia wartete in der Ecke, bis das heftige Zittern, das ihren Körper schüttelte, nachließ. Sie dachte, sie habe ein Zeichen bekommen. Sie sollte nicht mehr in diesem Zimmer schlafen, in dieser Wohnung wohnen. Sie zog sich an und ging aus dem Haus.

Die Pinien, die die Straße einfaßten, waren schwarz von Vögeln, die alle gleichzeitig sangen.

Was soll ich tun? fragte sie sich.

Ganz nah und deutlich hörte sie Jeans Stimme.

»*Amami*«, sagte sie, »liebe mich.«

Genau in diesem Moment schob sich der vollkommene gelbe Kreis der Sonne über den Rand der Welt.

Wie auf ein Posaunensignal erhob sich lautes Getöse aus dem Laub. Einen Augenblick lang verwandelte sich das Schwarz der Bäume in Himmel.

Und dann stoben drei breite wimmelnde Streifen auseinander: Schwärme, die im Nu verschwunden waren und das Blau des Himmels hereinbrechen ließen.

25

Zu ihm also.

Aber wie?

Indem sie alles zurückließ. Alles, was sie besaß.

All das, was bis zu diesem Moment ihr Leben gewesen war.

26

GIULIA RÄUMTE DIE Schränke aus und verschenkte die Kleider ihrer Eltern an die Armen der Gemeinde. Für sich behielt sie ein besticktes Taschentuch ihrer Mutter und die Pfeife, die ihr Vater immer geraucht hatte. Sie steckte sie in den Koffer, zusammen mit der Schachtel, in der sie die Steine mit Jeans Brief aufbewahrte.

Sie ging zu einem Anwalt, der ein Freund der Familie gewesen war.

Sie gab ihm die Hausschlüssel und bat ihn, die Wohnung mit allem, was darin war, zu verkaufen. Sie brauchte Geld. Sie ziehe weit weg, sagte sie, und wisse nicht, wann sie zurückkäme.

Da der Anwalt, der mit ihren Eltern befreundet gewesen war, sie als Kind manchmal auf dem Schoß gehalten hatte, fragte er besorgt nach den Gründen für diesen so plötzlichen und unsinnigen Entschluß, und Giulia, die von ihrer nicht geteilten Liebe erfüllt war, erzählte ihm alles. Von Anfang an.

Schon bei den ersten Worten war der Anwalt totenbleich geworden.

So etwas hatte er selbst noch nie gehört.

Oder vielmehr, er hatte es gehört, vor langer Zeit. Aber er hatte es vergessen.

Die Geschichte war absurd. Unverhältnismäßig.

So etwas hatte er selbst nie erlebt.

Oder vielmehr, vielleicht hatte er so etwas Ähnliches erlebt, vor langer Zeit. Aber er wollte nichts mehr davon wissen.

Der Anwalt näherte sich Giulia. Langsam kehrte die Farbe auf seine Wangen zurück. Seine Augen glänzten. Er nahm ihre Hand.

»Ein Mädchen wie du ist mir noch nie begegnet«, sagte er. »Ich bitte dich, bleibe hier, heirate mich.«

Ob das Giulia erstaunte? Ein wenig.

Sie war zu jung, um zu wissen, daß es sehr leicht ist, sich in jemanden zu verlieben, der einem von seiner Liebe zu einem anderen erzählt.

Um zu wissen, daß Liebe antwortet, wenn Liebe ruft.

27

Mit ihrem kleinen Köfferchen brach Giulia zu ihrem ersten Flug ans andere Ende der Welt auf.

Sie konnte gar nicht mehr aufhören, durch die Fenster des Flugzeugs in eine Nacht zu starren, die zu Ende ging, ohne daß sie überhaupt angefangen hatte. Die Morgendämmerung löschte eines nach dem anderen die Lichter der Städte auf den Hochebenen.

Nach einundzwanzig Stunden vollen Lichts und dreimal Umsteigen kam sie in Osaka an. In Osaka nahm sie die Maschine nach Amami ôshima.

Als sie ausstieg, war das laue und duftende Dunkel mit Schwärmen von Glühwürmchen getupft, die sich durch die Teegärten jagten.

Sie wußte so gut wie nichts über das Land, und noch weniger, was sie dort vorhatte. Im Laufe der Reise, während der Tag andauerte, war ihr jedoch klargeworden, was sie *nicht* tun durfte. Sie durfte nicht nach Jean suchen. Ihm ihre Anwesenheit aufzwingen, seine Entscheidung mißachten. Sie durfte sich nicht als Alternative zu seinem Gelübde anbieten.

Würde sie diesem Vorsatz treu bleiben?

Die Aussicht, ihn in Fleisch und Blut vor sich zu sehen, ließ ihren Speichel eintrocknen. Die, ihm nicht zu begegnen, war, als würde sie sterben.

Würde sie auf ihn warten können, so lange es nötig war – selbst wenn es für immer sein sollte? – und lediglich winzige Schritte unternehmen, um ihn wissen zu lassen, daß sie dort war, wo er war?

Sie ahnte nicht, daß ihre Zeit auf den Inseln trotz der Dauer des Aufenthalts so kurz sein würde wie ein Seufzer.

28

Lodernd wie eine Fackel war sie aufgebrochen. Mit der Zeit mußte sie lernen, die Flamme zu drosseln, damit sie lange weiterbrannte. Sie vor Windstößen zu schützen, damit sie nicht verlöschte. Reisig und trockenes Holz zu sammeln, um sie zu nähren. Den Boden um sie herum sauberzuhalten, damit sie nicht erstickte, und sie zu verstecken, damit sie nicht gestohlen wurde.

Sie hatte genügend Geld. Auch wenn sie nicht wußte, wo sie anfangen sollte, war sie hierhergekommen, um ihren eigenen inneren Traum zu verwirklichen.

Und die Verwirklichung des eigenen inneren Traums ist so viel wert wie ein ganzes Leben.

29

In Yamatohama, einem Dorf zu Füßen eines weichen, grünen Berges der Insel Amami ôshima, traf Giulia auf eine Witwe. Gewelltes Haar und die hohen Backenknochen der Mongolen. Eine ganz besondere Art von Anmut, die sie an ihre Mutter erinnerte. Sie war ihr nachgegangen bis zu einer luftigen Hütte mit Steildach, die inmitten eines Wäldchens aus Bambus und Palmen stand. Dort hatte sie sich irgendwo am Weg auf die Erde gesetzt und gewartet, und irgendwann war die Witwe herausgekommen und hatte ihr bedeutet, sie solle hereinkommen.

Sie räusperte sich ständig, wechselte die Teller passend zu den Jahreszeiten und befestigte die Nippesfiguren mit Draht, damit sie nicht beim ersten Stoß eines Erdbebens umfielen. Außer ihrem Dialekt sprach sie keine andere Sprache, aber nach einiger Zeit hatte sie Giulia die Grundregeln beigebracht, die ein Ausländer kennen muß, um mit den Einheimischen auszukommen.

Nicht im Sitzen mit den Beinen wippen (zeugt von Armut und mangelnder Kinderstube).

Nicht in der Öffentlichkeit die Nase putzen (Giulia tat es in einem Restaurant und die anderen Gäste verließen geschlossen den Raum).

Den Körper einseifen und abwaschen, bis er ganz sauber ist, bevor man in den *ofuro,* die Badewanne, steigt (die ersten Male wurde Giulia ohnmächtig: das Wasser war so heiß, daß man einen Hummer darin hätte kochen können).

Nicht mit Schuhen über Teppiche und *tatami* laufen (aufgrund der Berührung mit dem Erdboden sind Schuhe unrein).

Spaghetti einzeln geräuschvoll einsaugen, ohne sich dabei mit Soße zu bekleckern, und ebenso geräuschvoll zum Abschluß einer Mahlzeit mit einem tiefen Seufzer Tee und *sake* schlürfen (um zu zeigen, daß es einem geschmeckt hat).

Das Restgeld nicht vor dem Verkäufer zählen (um nicht den Eindruck mangelnden Vertrauens zu erwecken).

Das Trinkgeld in einen Umschlag stecken und diesen mit etwas verdecken, wenn man etwas extra bezahlt (Geld ist vulgär und feine Leute sollten damit nichts zu tun haben).

Immer oder so oft wie möglich sagen: *dômo arigatô gozaimasu* – tausend Dank, denn dieser von Herzen kommende Satz zählt nirgendwo auf der Welt so viel wie hier.

30

Der Witwe, die nach einer sehr alten Methode kostbare Seidenstoffe mit Flußschlamm färbte, leistete sie stumm Gesellschaft, während diese am Radio oder im Fernsehen Tag für Tag das Fortschreiten der Kirschblüte verfolgte. Sie half ihr, aus Palmblättern *antsuku* zu flechten, kleine Körbe für die Waisenkinder der Diözese.

Manchmal mietete sie ein Fahrrad oder ein Mofa und fuhr kreuz und quer durch die Zuckerrohrfelder der Insel, wo die Stiere und ihre Bezwinger den Boden bestellten. Sie stieg auf den Berg, um zuzusehen, wie die Sonne hinter den Korallenriffs im Ostchinesischen Meer versank, und sich vorzustellen, wie sie im Gelben Meer einschlief.

Am liebsten verbarg sie sich jedoch im Dschungel, hinter Hibiskussträuchen, nicht weit vom roten Dach einer kleinen Kirche, wo die Witwe Geschenke ablieferte, in der Hoffnung und der Befürchtung, Jean könnte plötzlich leibhaftig dort auftauchen.

Sie hatte ein Buch über den Archipel gekauft. Es war auf japanisch geschrieben und sie konnte den Text nicht lesen, aber die Bilder halfen ihr beim Verstehen. Wundervolle Illustrationen von Tempeln, Stränden, Buchten, vom Aussterben bedrohten Pflanzen und Tieren, tropischen Vögeln, die flugunfähig waren, und von tönernen Löwen mit aufgerissenen Lefzen und furchterregendem Gesichtsausdruck, die die Häuser beschützen und die bösen Geister abwehren sollten.

Und ein Bild, das ihr keine Ruhe ließ; eine alte Karte von Südost-Asien mit einem Pfeil, der in Malakka losging und über Taiwan bis in die eisige Steppe Sibiriens führte. An dem Punkt, an dem Amami shotô lag, schwenkte ein hieratischer Mönch ein Kruzifix über einer Menge von knienden Eingeborenen.

Sie mußte unbedingt schnell gut im Korbflechten werden, so daß die Leute auf sie aufmerksam wurden und die Witwe gezwungen war, über sie zu sprechen: Wenn Jean wie jener Jesuit geworden war, war dann in seinem Herzen noch Platz für sie?

31

Anfang April blühten auf den Klippen von Kap Ayamaru alle Lilien auf einmal. Die Stiere arbeiteten nun nicht mehr auf den Feldern, sondern widmeten sich einer neuen Aufgabe. Jetzt stritten sie bei den dörflichen Corridas um den Sieg, ohne daß dabei Blut vergossen wurde.

Giulia mußte sich damit abfinden, daß trotz der dreimal so großen Produktion von Körben und obwohl die Anwesenheit einer fleißigen Fremden im Haus der Witwe sich herumgesprochen hatte, kein Priester vorbeigekommen war und Fragen gestellt hatte.

Sie ließ noch den Sommer verstreichen, doch dann nahm sie mit Bedauern – von Amami ôshima wegzugehen erschien ihr wie ein Treuebruch, und irgendwie hatte sie die Witwe und ihr neues Leben liebgewonnen – und mit vielen *dômo arigatô gozaimasu*

Abschied von ihrer Gastgeberin und nahm das Schiff nach Okinawa.

Mit den Händen zu arbeiten – Körbe zu flechten und Seide mit Flußschlamm zu färben – hatte ihr nicht dazu verholfen, Jean wiederzusehen. Aber sie hatte dadurch gelernt, dem unendlich Kleinen Bedeutung zuzumessen, der Rührigkeit der immer gleichen Handbewegung, deren Perfektion darin besteht, sich im Hier und Jetzt zu vollziehen.

Jetzt mußte sie ein anderes Mittel finden.

Schriftzeichen lesen und schreiben lernen.

Vielleicht war das der richtige Weg, um zu Jean zu gelangen.

32

In Naha, der Hauptstadt der Insel Okinawa, hatte Giulia gleich das unangenehme Gefühl, wieder zu Hause zu sein. Den abgestandenen Teil der heimatlichen Luft einzuatmen. Ließ sie sich deshalb darauf ein, sich zu verlaufen?

Mit einem Taxi fuhr sie die vier- und sechsspurigen Autobahnen entlang und genoß die riesigen Reklametafeln auf englisch. Sie aß in den McDonald's-Filialen, die von Soldaten mit Bürstenschnitt vom amerikanischen Stützpunkt bevölkert waren.

Abends ging sie zu Schaukämpfen zwischen Mangusten und *habu,* giftigen Schlangen. Sie gönnte sich einen Teller fritiertes Huhn mit Gnocchi im Schatten eines Shintô-Schreins, direkt neben einer laut dröhnenden Diskothek.

Sie folgte der Menge, die zu Karate-Vorstellungen

strömte. Sie erforschte die Gassen des Hafenviertels mit den Bars voller Prostituierte.

Naha war eine einzige riesige Anzeigetafel, auf der sich unzählige Linien ständig derart rasant kreuzten, daß es aussah, als bewegten sie sich nicht.

Wie viele Tage waren vergangen? Wenige? Viele?

Zu viele, seitdem sie die Orientierung verloren hatte.

In das ständige Geschehen der Dinge versunken, verschob sie von Tag zu Tag die Suche nach einer Schule, einem Lehrer, der ihr lesen und schreiben beibringen könnte. So wie sie in Yamato Hama in der Stille und der inneren Sammlung gelebt hatte, ganz Jean zugewandt, so hatte sie ihm in Naha den Rücken zugedreht.

Das Visum im Paß würde bald ablaufen.

Entweder sie verließ das Land, oder sie mußte jemanden finden, der für sie bürgte.

33

Eines Abends betrat sie eine Hafenkneipe. Es hatte gerade ein Wettrudern in wunderbaren traditionellen Kostümen gegeben. Überall drängte sich die Menge der Schaulustigen, überall wurden Wetten abgeschlossen.

Es gelang Giulia nicht, sich dem Kellner bemerkbar zu machen. Ein Betrunkener lächelte ihr beharrlich und anzüglich zu. Sie war cinc weiße Frau, allein, an einem Festtag. Was konnte sie anderes suchen als Gesellschaft?

Der Mann hielt den Kellner auf und ließ ihn einen kleinen Tonkrug und ein Glas mit Eiswürfeln bringen. Das mußte *awamori* sein, der *sake* von Okinawa. Giulia neigte den Kopf zum Zeichen des Dankes und führte das Glas an die Lippen. Der Betrunkene stieß ein Zischen hervor, faßte sie ohne große Umschweife um die Hüften und führte sie zu einem großen Gefäß mit einem Deckel. Er hob den Deckel, und ein besonders starker Duft nach *sake* schlug ihr entgegen. Sie sah hinein. Ein giftiger *habu* lag vermutlich schon seit mehreren Jahren zusammengerollt auf dem Grund des Fasses, denn er war bereits bis auf die Wirbel verwest.

Giulia lernte schnell. Einiges wußte sie bereits über die örtlichen Gebräuche. Anstelle des *awamori* hatte der Mann ihr einen *habuzake urume* servieren lassen, Schlangensake, von dem es heißt, er steigere die Potenz und die Begierde. Es war klar, was der Mann von ihr erwartete. Tatsächlich hatte er ihre Handfläche nach oben gedreht und ließ gerade seine feuchten Lippen darüber wandern.

Es war nicht seine Schuld.

Giulia gewann wieder die Kontrolle über ihre Hand. Mit freundlicher Bestimmtheit und einer Verneigung richtete sie ein großes *dômo arigatô gozaimasu* an ihn.

Nicht für den *habuzake urume*, sondern weil er ihr gezeigt hatte, wieviel Zeit und Anmut sie verlor, seit sie sich von ihrem wahren Weg entfernt hatte.

34

Es gibt ein Glück, das zugleich klein und groß ist. Die Handlungen, die uns zu besseren Menschen machen, erschöpfen sich nicht in einem einzigen Mal. Ohne die nötige Wachsamkeit können wir den gewonnenen Boden leicht wieder verlieren. Das ist auch der Grund, weshalb sich die Genugtuung, die uns diese Handlungen bedeuten, tief in unser Gedächtnis einprägt und uns Kraft gibt. Wenn wir die Schwierigkeiten irgendwann erfolgreich in Angriff genommen haben, wenn wir den Kopf gehoben und unser falsches Verhalten geändert haben, dann wird uns das immer bleiben und uns wachsen lassen.

Niemand wird uns je das nehmen können, was uns in unserem Innersten gehört, das, worum wir uns bemüht haben und wofür wir unsere besten Eigenschaften eingesetzt haben.

Der Weg auf den Archipel hatte für Giulia die Verwirklichung einer unmäßig großen Idee bedeutet; sich wieder dem Warten auf Jean und dem Festhalten an ihrem inneren Traum zuzuwenden erforderte indessen großen Mut und enorme Charakterstärke.

Auf der Insel Kume, wo sie den Meister Sakayori aufsuchte, einen lebhaften, rührigen Alten, der ihr in einem archaischen Japanisch die Namen der verschiedenen Formen von Regen beibrachte, bekräftigte Giulia sich selbst jeden Morgen ihren Vorsatz.

Sie wiederholte ihn bei Sonnenuntergang, wenn sie am Rand eines Mangrovensumpfes den Strand entlangspazierte, um die Ruhe der Abenddämmerung zu genießen. Beim Rückweg durch die kleinen Dorfstraßen blieb sie bisweilen unter den Fenstern eines Hauses stehen. Jemand spielte das *jabisen,* das japanische Banjo. Doch jetzt machte dieser Klang sie nicht mehr tieftraurig.

Die neue Kultur begeisterte sie immer mehr, so sehr, daß sie zeitweise zu Hause heimlich einen Kimono trug.

Das war ein hervorragendes Mittel, um die Aufmerksamkeit zu schärfen, denn es zwang einen dazu, kleine, kurze Schritte zu machen und mit geradem Rücken zu laufen, damit man nicht das Gleichgewicht verlor.

35

Langsam, mit Bewunderung und Geduld, drang Giulia in das Wesen des Japanischen ein. Sie staunte darüber, daß die Schriftzeichen die zentralen Ideen einer subjektiven Sprache sind, die ganz darauf ausgerichtet ist, die Situation eines Menschen darzustellen, während die Welt undeutlich und verschwommen im Hintergrund bleibt.

So ist zum Beispiel ›Mann‹ ein großes Rechteck, das von einem senkrechten Strich durchschnitten wird und unten einen angewinkelten Fuß hat. Unterhalb des Rechtecks verläuft parallel eine waagrechte Linie, die im rechten Winkel abknickt und ein zweites Bein bildet.

›Frau‹ hingegen besteht aus zwei L, die zusammen eine Art Raute formen mit einem schnellen, kraftvollen Zentrum und auseinanderstrebenden Linien.

Was für eine tiefe, einfache Wahrheit steckt doch im Kern dieser beiden Schriftzeichen, dachte Giulia.

Bei den Männern ist das Denken Abstraktion, Vernunft, ganz auf den Kopf konzentriert, der dadurch anschwillt und schwer wird. Bei den Frauen ist das Denken Aktion, es kommt aus der Mitte, dem Sonnengeflecht, und besteht aus Intuition und Schnelligkeit. Wenn ein Mann zu dir sagt, daß er dich liebt, dann zieht er vielleicht die Möglichkeit, dich zu lieben, in Betracht und erwägt, was das für sein Alltagsleben bedeuten würde. Wenn du als Frau jedoch zu einem Mann sagst, daß du ihn liebst, dann heißt das, daß das für dich eine Tatsache ist, daß du dein Leben bereits für ihn umgekrempelt hast, daß du ihn immer schon geliebt hast, auch wenn du ihn gerade erst kennengelernt hast. So ist die Tradition.

Waren die Dinge noch so?

Waren sie so auch für sie und Jean?

36

Ich muss etwas tun, damit er weiß, daß ich hier bin, sagte sie sich bei ihren Expeditionen durch die Zuckerrohrplantagen, die so dicht und undurchdringlich waren wie geheime Botschaften.

Ich muß, ich muß einen Weg finden, wiederholte sie sich und schlug mit einem Bambusrohr auf die Stoppeln, um die *habu*-Schlangen zu verscheuchen, auch wenn sie eigentlich Nachttiere waren.

Aber wie?! Sie blieb stehen, um einen Büffel zu beobachten, der mitten in einem Feld stand, einen Kranich auf dem Rücken.

Nie fühlte sie sich so fremd wie während ihrer inneren Qualen. Was war in der Zwischenzeit wohl aus Jean geworden? Vielleicht war er den Zen-Meistern gefolgt.

Wenn du gehst, begnüge dich damit, zu gehen. Wenn du sitzt, begnüge dich damit, zu sitzen.

Ob er gelernt hatte, sich zu begnügen?

Ob er auf sie verzichtet hatte?

37

Meister Sakayori empfing sie mit einer Verneigung, dann breitete er die Blätter auf dem niedrigen Tischchen neben dem *tatami* aus.

Natsukashii nannte er sie. »Die Sehnsüchtige«.

Nein, Giulia litt nicht unter Sehnsucht. Ihr Leben war glücklich, bedürfnislos, bis auf das Bedürfnis, den Weg zu Jean zu finden.

Wenn sie oft abwesend wirkte, dann war es nur deshalb, weil sie an nichts anderes dachte als an ihn.

38

VON LEIDENSCHAFT GETRIEBEN, lernte Giulia schnell gut die Hälfte jener zweitausend Schriftzeichen auswendig, die man braucht, um etwa so viel Japanisch zu können wie ein Grundschüler.

Meister Sakayori nannte sie nun nicht mehr *Natsukashii,* sondern *Yamamichi,* »Gebirgsstraße«.

Das war ein Zeichen der Anerkennung für ihre Mühe und ihre Fortschritte, auch wenn er sie weiterhin mit offenem Mund anstarrte, denn ein Japaner kann sich einfach nicht vorstellen, daß ein Ausländer tatsächlich ihre Sprache erlernt.

39

Die Monate vergingen, und Giulia war tief eingetaucht in jenes empfindliche, lebendige Gewebe, das die japanische Sprache verkörpert. Doch Meister Sakayori schüttelte immer noch den Kopf zum Zeichen von vorsichtigem, höflichem Mißbilligen.

Mayou odoriko, »Unentschlossene Tänzerin«, nannte er sie jetzt, da sie zum Pinsel gegriffen hatte.

Es war nicht so, daß Giulia sich nicht einigermaßen geschickt zwischen den drei Schriftsystemen bewegt hätte. Oder daß sie zu lange brauchen würde, um die richtige Intonation zu treffen, oder daß ihr Ohr nicht den Vokal erkennen würde, der je nach Aussprache den Sinn eines Wortes bestimmt.

Allerdings wunderte sie sich über die geringe Bedeutung der Zeitstufen der Verben und die Vielfalt ihrer Ausdrucksformen. Darüber, daß es kein

Relativpronomen gibt, daß Adjektive konjugiert werden und daß man sagt: »Gestern warmte es«, und nicht: »Gestern war es warm.« Und daß man auf die Frage: »War diese gewisse Person gestern im Theater?« antworten muß: »Das wäre erfreulich gewesen, aber ... mit Verlaub, vermutlich ist er nicht gekommen.«

Was nun – ist da gewesen oder nicht? Das ist nicht gerade leicht zu verstehen. Gar nicht leicht, diese oft bewundernswerte Unmöglichkeit, die Sätze so zu formulieren, daß die Aussage eindeutig ist.

Giulia lernte, daß im Japanischen die Antworten feinste Nuancen haben und daß sie immer vage sind, so daß es dem Fragenden überlassen bleibt, die notwendigen Schlüsse zu ziehen.

Fragen nicht negativ zu stellen, denn auf die Frage: »Willst du nicht, daß ich mitkomme?« bekäme er die Antwort: »Ja« – und das würde heißen, ich will nicht, daß du mitkommst.

Nach kurzer Zeit war sie überzeugt, daß es auf der Welt keine geeignetere Sprache für die Liebe gibt.

40

Meister Sakayori brachte ihr bei, wie man *haiku* schreibt, Gedichte, die immer von etwas Immanentem handeln. Einer Wirkung ohne Ursache, einer Veränderung ohne Grund, einem Vorfall ohne Verankerung.

Ein zappelnder Fisch. Eine geschlossene Tür. Ein wallendes Spruchband. Eine Pagode. Ein Baum im Sturm. Ein marschierender Soldat.

Doch jedes Zeichen, das Giulia zu schreiben lernte, war für Jean. Nur für ihn. Sie war glücklich, jeden Tag in ein Heft, das ihm gewidmet war, diese (ironisch gesagt) schlichte Bitte schreiben zu können: *Komm zu mir*.

Je nach Laune und nach Gefühlslage konnte Giulia sich auf ehrfürchtige Weise, von gleich zu gleich oder von oben herab an Jean wenden, einfach, indem sie das Verb variierte.

Watashi wa anata no tokoro ni **mairimasu:** Laß mich zu dir kommen (ich bitte dich darum).

Watashi wa anata no tokoro ni **ikimasu:** Ich komme gerade zu dir (wir sehen uns gleich).

Watashi wa anata no tokoro ni **iku:** Ich komme zu dir (empfange deine Königin)!

Daß sie sich aussuchen konnte, wie sie zu ihm sprach, gab Giulia das Gefühl, frei zu sein, und dieses Freiheitsgefühl war ihrer Zuneigung förderlich.

41

BEIM SCHREIBEN MUSSTE Giulia vor allem lernen, die Hand ruhig zu halten, denn wenn das Zeichen erst einmal geschrieben ist, kann man es nicht mehr verändern. Wenn man eine Linie zieht, darf man weder bereuen, noch nachbessern oder korrigieren. Es ist, als machte man einen Tanzschritt.

Sie mußte ihren Blick und ihr Gehör schärfen. Den Rhythmus, die Präzision und das Feuer des Tanzes in ihrer Hand spüren, im Arm und in den Fingern.

Obwohl sie in der Ausführung noch ungenau war – auch deshalb nannte Meister Sakayori sie *Mayou odoriko,* »unsichere Tänzerin« –, konnte man auf ihren Blättern langsam die unverwechselbare Schönheit von Gemälden erkennen.

42

Eines Nachmittags ging sie zur Felsküste. Ein dicker schwarzer Punkt war am Himmel, und Giulia blieb stehen, um ihn anzusehen.

Reglos hing er im Blau. Ob es ein Satellit war? Als er sich in Bewegung setzte und in die Tiefe schoß, wurde ihr klar, daß es ein Vogel war. Ein Raubvogel. Ein Adler!

Giulia blieb wie angewurzelt stehen. Er hält mich für eine Beute, dachte sie beklommen, unfähig, eine Entscheidung zu treffen. Sollte sie stehenbleiben? Weglaufen? Was wußte sie schon über Adler? Über die Adler von Nansei wie über alle anderen?

Der Raubvogel blieb auf einer bestimmten Höhe über ihr stehen. Er verharrte einen Augenblick lang in der Luft und flog dann zurück gen Süden. Er hielt noch einmal inne, wie um sich zu versichern, daß Giulia ihm zusah, und dann flog er langsam, majestätisch, ohne noch einmal anzuhalten oder umzukehren, nach Süden.

Giulia war weniger erschrocken als verwundert. Sie war überzeugt, daß der Adler ihr den Weg weisen wollte.

Es ist verrückt, dachte sie. Er hat mich mit einem Segelschiff verwechselt.

Eben. Was war sie schließlich auch anderes als ein Segelschiff aus Fleisch und Blut?

43

Sie verabschiedete sich von Meister Sakayori und bedankte sich höflich für alles, was er ihr beigebracht hatte. Als Andenken nahm sie die Namen mit, die er ihr gegeben hatte.

In den frühen Morgenstunden brach sie auf zu den abgelegenen Inseln der südlichsten Archipel, Sakishima und Yaeyama.

Sie war sich nicht so sicher, ob die Poesie wirklich – wie Meister Sakayori behauptete – vor allem dazu da war, gesehen zu werden, da sie durch die Augen ins Herz dringt.

Wer kann schon mit Sicherheit sagen, wie viele Tore es zu unserer Seele gibt?

44

Niedrige Häuser aus Korallen und weiße Sandstrände in Miyako. Und kleine Gassen, die zu den Tempeln führen. Und in den Gassen Hunderte von winzigen Statuen, die Buddha jizô darstellen, den Beschützer der Kinder, der Schwangeren und der Reisenden. Und auf dem Boden neben einer der kleinen Statuen eine *obaasan,* eine in Tränen aufgelöste alte Frau, die große, mit Ideogrammen und Zeichnungen versehene Steine aufschichtete.

»Warum weinst du, was tust du?« fragte Giulia.

Die Alte blickte sie an, und da Giulia eine Fremde war, verzieh sie ihr ihre Unwissenheit und erklärte freundlich: »Die sind für Jizô, damit er bald die Seelen meiner Enkel befreit, die dazu verdammt sind, am Ufer des *Sai-no-Kawara,* des Höllenflusses, Steine aufzuschichten. Ich bitte dich, hilf mir, spende auch du für sie.«

Giulia fragte die Großmutter nicht, was ihre Enkel getan hatten, um eine so schlimme Strafe zu verdienen. Sie hatte nichts, was sie geben konnte, aber in einiger Entfernung sah sie einen schönen glatten, runden Stein. Sie holte ihn und legte ihn auf den Haufen.

Doch inmitten all der geschmückten nahm sich ihr nackter Stein jetzt doch allzu armselig aus. Jizô hätte sich sicherlich nicht davon beeindrucken lassen. Also nahm Giulia einen spitzen Stein und überlegte, welches Wort so schön war, daß es das Herz eines Gottes rühren konnte. Ich weiß, dachte sie auf einmal und strahlte, natürlich, es kann nichts anderes sein als: *Amami!*

Sie schrieb es nicht in kanji, den chinesischen Schriftzeichen. Sie schrieb es in rômaji, römischen Lettern, unseren Buchstaben, denn auch sie brauchte Jizô, genauso wie die beiden Enkel.

Sie brauchte dazu eine ganze Weile, denn es ist schon nicht einfach, einen Strich auf einem Stein zu ziehen, ganz zu schweigen von einem Wort. Wieviel Mühe hatte es sie vor Jahren gekostet, Jeans Brief in Stein zu ritzen!

Die *obaasan* wartete geduldig neben ihr und kaute dabei Algenschnüre.

45

Der Stein wurde zu dem Haufen gelegt. Da der Name des Archipels jedoch genauso lautete wie das besagte Wort und die Tatsache, daß eine *gaijin* ihn als Gebet aufschrieb, nichts anderes als eine liebenswürdige Geste bedeuten konnte, machten sich die Passanten gegenseitig auf sie aufmerksam und blieben stehen, um sie anzusehen. Das schlichte Wort *Amami* hatte auf alle eine unglaubliche Wirkung. Es sah beinahe so aus, als habe der Stein selbst gemerkt, daß alle ihn liebevoll und bewundernd ansahen, und habe begonnen, zu beben und zu glitzern. Es war nur Einbildung. Aber Giulia erinnerte sich daran, daß die Steine im Traum sie in Jeans Arme getragen hatten. Und da hatte sie eine Eingebung, eine Vision.

Sie würde ihre Liebe zu ihm auf Steine schreiben. Und die würde sie dann in den Gassen verteilen, die zu den Altären Buddhas in seinen unzähligen Erscheinungsformen führten: Jizô; Ebisu, dem Gott des Glücks; Hotei, dem Gott der Zufriedenheit und der Lust; Hachiman, dem Gott des Krieges.

Wie die Brotkrümel, die dem Däumling den Weg nach Hause gezeigt hatten, würden die beschrifteten Steine ihr den Weg zu Jeans Herz zeigen.

46

Jemand könnte einwenden, daß nur eine Törin oder eine Verrückte die besten Jahre ihres Lebens damit vergeuden würde, ihre Liebe zu einem Mann, der nicht da ist, auf die Steine eines Archipels zu schreiben.

Aber ich sage, daß das die vernünftigste Tat ist, von der ich je gehört habe.

Das ständige Schreiben hielt ihre Liebe aufrecht. Mit der Tusche erzählte sie auf lebendigen Steinen von ihrer Zuversicht und ihrem Warten. Ihr Dasein hatte auf diese Weise einen Sinn bekommen.

Mit ihrer Geste benannte Giulia sich selbst neu, sie machte etwas aus sich: ihr eigenes Werk.

Wenn Jean zurückkam und ihr Warten ein Ende hatte, würde Giulia beim Zurückblicken sehen, wie voll die Jahre waren, die er leer gelassen hatte.

Denn obwohl sie von Jean getrennt war: seit sie sich in ihn verliebt hatte, lebte Giulia versunken in seiner Liebe.

47

Giulia verteilte ihre Steine auf den Dorfaltären der sieben Inseln, die Miyako: Irabu, Shimoji, Ikema, Kurima, Sugimoto, Tarama und Minna. Dann schiffte sie sich nach Ishigaki ein.

Sie suchte nichts. Sie schrieb einfach. Das Malen von Ideogrammen beherrschte sie inzwischen ziemlich gut. Aber sie schrieb immer öfter in ihrer Muttersprache.

Ishi ni mono o kaku gaijin, »die Fremde, die auf Steine schreibt«, wurde sie genannt. Die Leute schätzten an ihr ihre eigenen Tugenden, die Giulia sich mit der Zeit angeeignet hatte. Die Entschlossenheit des Strichs auf den Steinen, ohne Ausrutscher, ohne Zittern. Die sicheren, präzisen Bewegungen, die sie mit der regelmäßigen und harmonischen Drehung ihres Armes ausführte, der in der Luft selbst zu einer Zeichnung wurde.

Ihre Art, höflich zu sein, aber nicht unterwürfig. Freundlich, aber nicht gekünstelt.

Ja, die Menschen hatten sie akzeptiert. Sie war keine Fremde mehr.

48

Viele Jahre waren inzwischen vergangen, und Giulia fühlte sich immer noch wie das Mädchen, das sie gewesen war, als sie Jean zum ersten Mal begegnete. Ihre Energie war ungebrochen, ihr Körper nach wie vor straff und gewölbt wie der Sommerhimmel.

Zum Beschriften der Steine verwendete sie orangefarbene Lacke von derselben Farbe wie die Tulpe, die Jean ihr im Traum geschenkt hatte. Sie hoben sich von den glatten Steinen ab wie eine Hennazeichnung von der Hand einer arabischen Braut.

Nachts war ihr Schlaf leicht und traumlos.

Oft saß sie auf dem *tatami* und lauschte.

Die Jahre rauschten lautstark durch die Meere und durch die Inseln. Gern wären sie hereingebrochen und hätten Giulias unpassender Jugendlichkeit ein gerechtes Ende bereitet. Doch ein kraftvoller Zauber hielt sie auf der Schwelle der Zeit zurück.

Gefühle altern nicht mit den Jahren, die Liebe schert sich nicht um die Zeit, die vergeht, und der Zauber kam nicht von ihr allein. Er kam von den Liebenden. Die Liebenden sind der Lebenssaft der Welt, und ihre Worte erneuern sich dadurch, daß sie unermüdlich wiederholt werden.

Amami ... Liebe mich, ich bitte dich, denn indem ich dich liebe, finde ich mich mit deinem Schweigen ab, sogar damit, daß du nicht da bist, und danke dir dafür, was du für mich getan hast.

Ja. Denn die Fassungslosigkeit, der Schmerz und die Freude darüber, was er für sie getan hatte, hatten ihre verborgenen Fähigkeiten geweckt.

Das Schreiben war eine Gabe, von der sie vor der Begegnung mit ihm nichts gewußt hatte. Und die Worte waren ein Talisman, den sie geduldig abschrieb, mit einer Hingabe, die im Lauf der Zeit noch zugenommen hatte. Sie gehörten nicht mehr einfach nur ihr. Sie gingen über sie hinaus.

Sie waren so wesentlich geworden wie Wasser, Luft und Blut. Wie die Materialien, mit denen unsere

Lieben einbalsamiert werden, damit sie anwesend sind, wenn wir sie ins Grab legen und der Ewigkeit übergeben.

49

GIULIA SCHRIEB ÜBER Jahre hinweg und Hunderte von Kilometern lang. Sie schrieb von Norden nach Süden, von Osten nach Westen. Von einem Ende von Amami shotô bis zum anderen.

Die Inselbewohner pflegen den Kult von Schrift und Kalligraphie, und sie sind tief religiös. In ihren Augen waren Giulias Steine Gebete, Votivgaben für einen Gott, der fähig ist, den Menschen zuzuhören.

Sie bewunderten sie und tauschten sie gegen eine Mahlzeit, ein Dach für die Nacht ein. Sie nahmen sie mit nach Hause und legten sie auf die kleinen Hausaltäre oder vermischten sie mit den ihren auf den Gassen, die zum Tempel führten. Auf diese Weise wurden Giulias Sätze der Liebe auseinandergenommen und neu zusammengesetzt und änderten dadurch ständig ihre Bedeutung. Die Fischerboote, die die Küste nach Hummern absuchten, hatten einige von ihnen auf dem Grund der Korallenbänke ausgemacht. In der Stille der Tiefe zeichneten die Worte sich so überdeutlich ab, daß es aussah, als hätte ein verliebtes Walfischherz sie hervorgebracht.

Giulia betrachtete die Steine, auf die sie ihre Gedichte schrieb, nicht als ihr Eigentum. Sie wußte, daß sie ihr nicht mehr gehörten als der Mann, den sie liebte oder ein Kleid, das sie als Kind getragen hatte.

Doch wenn sie sie ansah, regte sich etwas in ihr. Aufgrund der Worte, aber auch aufgrund der Schrift. Die war so wandelbar, daß sie eine Landkarte darstellte: die Geschichte ihres Lebens. Wie wenn wir uns in einer Reihe von Schnappschüssen betrachten, die über die Jahre entstanden sind, und feststellen, daß wir uns verändert haben, auch wenn wir im Wesentlichen wir selbst geblieben sind.

Die Kalligraphie war ihr Erkennungsmal. In diesem Erkennungsmal zeichneten sich Vertrauen, Liebe und Mäßigung ab.

50

Bei ihren Reisen auf die verschiedenen Inseln hörte Giulia von einem dunkelhäutigen Mann, der *Iyashi no shisyo* genannt wurde, »der Meister, der heilt«, und ihr Herz wurde schwach.

Man erzählte, daß der Junge sich vor vielen Jahren, als er auf die Insel gekommen war, so hingebungsvoll den Armen gewidmet hatte, daß er dabei seine eigene Gesundheit ruinierte. Er war dem Tod sehr nahe gewesen, hatte sich jedoch im letzten Moment retten können. Seit jener Zeit konnte er von einem *habu* gebissen werden oder den speziellen *sake* von Yonaguma trinken, der einem den Verstand raubt – ihm passierte nichts.

Er reiste von Insel zu Insel, besitzlos, und lebte von nichts, meistens im Dschungel. Er legte die Hände auf und befreite vom bösen Blick wie ein Erleuchteter.

Giulias Herz wurde schwach, und sie bekam auf einmal hohes Fieber, wie damals, als Jean ihr zum zweiten Mal im Traum erschienen war. Trotzdem gelang es ihr, an ihrem Vorsatz festzuhalten, ihn nicht zu suchen, und sie stürzte sich Hals über Kopf ins Schreiben.

51

Mein Geliebter, mein *Engel, ich rufe Dich vor dem Schlafengehen, damit ich wach in die Nacht gehe. Ach, denke nur nicht, mein Warten sei leer. Jede Minute ist voller Unendlichkeit, wenn sie vom Gedanken an Dich erfüllt ist. Ich verlange nichts, nur die Kraft, Dir weiterhin zu schreiben und dafür zu sorgen, daß es Dich gibt. Ich verfolge Dich nicht. Ich verfolge nicht das Glück unserer Zweisamkeit, ich habe es bereits erlebt. Es war im Traum, als Dein Gesicht ganz nah an meinem war, mir unbekannt, und in der Abwesenheit meiner Gegenwart wirst Du mich wieder mit unendlicher Sanftmut nehmen – wie Du es bereits getan hast –, wann immer Du willst, ich werde nichts merken in der Nacht des Geistes, aber am Tag des Körpers werde ich alles wissen, ohne daß ich Dich kennen muß, denn ich kenne Dich bereits, ohne daß ich Dich sehe, denn Du bist mir immer ge-*

genwärtig – ich wußte alles über Dich in dem Moment, als ich Dich zum ersten Mal ansah ...

Giulia hielt inne. Sie wischte sich den Schweiß von der Stirn. Sie blickte auf den Haufen beschrifteter Steine, das Werk mehrerer Wochen. Sie bildeten einen kleinen Haufen am Rand der Gasse. Stütze und Schutzwall für ihre Gefühle.

Wie die *fugugi*-Hecken, die die Dörfer von Iriomote vor den herbstlichen Taifuns schützen.

52

Eine Prinzessin und ein Bauer liebten sich, aber sie konnten nur einmal im Jahr eine Nacht miteinander verbringen. Später wurden die unglücklich Liebenden zu Sternen: Vega und Altair, die die Milchstraße in ebenjener Nacht durchqueren. Die Inselbewohner feiern sie mit Spruchbändern, auf denen Liebesgedichte und Verse stehen, und mit Luftschlangen, die von Bäumen und Fenstern flattern.

Mit einem langen, lustvollen Schauder dachte Giulia, daß es vielleicht an der Zeit war, die Yaeyama-Inseln zu verlassen, nach Amami O-shima zurückzukehren und dort auf ein Zeichen zu warten.

Doch der Sommer verging, und nichts geschah.

53

Der Herbst kehrte zurück. Giulia schrieb bis spät abends mit orangefarbenem Lack. Dann legte sie sich mit ausgebreiteten Armen und offenem Mund auf die Steine wie auf eine bestickte Decke – ihre Aussteuer. Sie berührte sie. Sie atmete ihre Wärme ein, ihren Geruch aus Sonne, salziger Luft und Farbe. In jenen Momenten der Fülle war sie sicher, daß Jeans Antwort längst da war: es waren ihre Werke.

Sie betrachtete die Wasservögel, die den Himmel bekritzelten und die Inseln durch unsichtbare Flugbahnen miteinander verbanden.

Wie oft hatte sie sich schon vorgestellt, sich an die Flügel eines dieser Vögel zu hängen und sich durch die Lüfte tragen zu lassen bis zu Jean! Ihn zu sehen, wenigstens aus der Ferne an seinem Leben teilzuhaben. Doch immer hatte eine innere Stimme sie zurückgehalten.

Wir alle haben irgendwann einmal die Erfahrung gemacht, daß es unsinnig ist, die Dinge mit Gewalt ändern zu wollen. Es ist, wie wenn man mit dcm Kopf gegen die Wand schlägt. Unsere Wünsche erfüllen sich nicht, nur weil wir es wollen. Sie erfüllen sich dann, wenn wir bereit sind, zu akzeptieren und zu unterstützen, was ihre Erfüllung in der Realität mit sich bringt.

Wenn wir uns nicht mehr daran festbeißen.

Dann übernimmt das Leben selbst die Aufgabe, uns zu zeigen, daß das, was wir uns wünschen, schon da ist, direkt neben uns.

Wir brauchen nur die Hand auszustrecken und es zu nehmen.

54

Ein Windstoss hat Giulia kurz vor Morgengrauen geweckt. Sie ist verspannt und ungewöhnlich *natsukashii*, ganz wie ein altes Mädchen. Deshalb hat sie beschlossen, sofort mit dem Schreiben anzufangen, denn nichts anderes verschafft ihr mehr Erleichterung: sie sieht dann ihre besten Seiten.

Gestern hat sie einen Liebesbrief für Jean halbfertig abgebrochen, an einem einsamen Strand, von dem aus man die Berge von Taipeh sehen konnte. Doch als sie jetzt am Strand ankommt, findet sie die Steine nicht mehr. Vielleicht hat sie sich im Strand geirrt, denkt sie und fängt an zu suchen. Es gibt unendlich viele von ihnen, und die meisten ähneln sich. Heute hat sie keine Lust auf Expeditionen. Je länger sie läuft, desto deutlicher spürt sie eine unerklärliche Unruhe in sich hochsteigen.

Auf der Höhe eines Felsvorsprungs bleibt sie erschrocken stehen.

Vor ihr liegt der Strand aus ihren Träumen. Die Palmen, die aus einem einzigen Stamm herauswachsen, eine robustere, höhere und eine dünnere. Die großen Lavabrocken, die sie getragen hatten, der feine Sand. Und dicht am Wasser der Felsen, auf dem Jean gesessen hatte.

Giulia läßt sich fallen. Jetzt, wo sich der Traum vor ihren Augen materialisiert hat, kann sie kaum glauben, was sie da sieht. Trotz allem zweifelt sie noch: vielleicht hat sie immer gezweifelt. Kann man lernen, zu glauben? Hängt es von einem Willensakt ab, oder ist es nicht eher so, daß der Glaube über uns kommt wie eine Gnade, ein Geschenk?

Mit weichen Knien und trockenem Mund sieht Giulia sich um. Doch so genau sie auch hinsieht, *er* ist nicht da.

Ihr Kopf wird leer wie nach einer großen Anstrengung. Sie bleibt einfach sitzen und wartet.

55

DIE STUNDEN VERGEHEN. Die Sonne steigt höher, übersteigt den Zenit und geht wieder unter. Als sie ein roter Kreis ist, den man ansehen kann, steigt Giulia auf den Felsen und beugt sich übers Meer. Sie breitet die Arme aus. Will sie losfliegen oder sich ins Meer stürzen?

Statt dessen schreit sie. Sie schreit, ohne etwas zu sagen, schreit, bis sie heiser ist. Was sie schreit? Vielleicht ihre Wut, ihre Enttäuschung. Einen Abschiedsgruß? Vielleicht einen letzten Hilferuf?

Das ist möglich, denn die Natur antwortet auf ihren Ruf.

Das Meer wird am Horizont immer dunkler, so als streiche eine unsichtbare Hand mit einem Pinsel voll schwarzer Tinte darüber.

Der Wind nimmt zu. Er wird heftig, reißt alles hin und her. Die dunkle Linie breitet sich auf dem Meer aus wie ein Ölfleck, die Luft riecht stark nach Verbranntem. Aus dem Dschungel hört man das Knacken der schwächeren Bäume, die zerbersten.

Giulia kann gerade noch sehen, wie die beiden Palmen entwurzelt werden und jede für sich auf den Felsen zufliegt, da reißt eine Welle sie mit fort und treibt sie aufs offene Meer.

Nichts, woran sie sich festhalten könnte, Schwimmen ist zwecklos, überall nur Krach und Zerstörung. Vielleicht würde Giulia durchhalten, wenn sie nicht beim Anblick der auseinandergerissenen Palmen gespürt hätte, wie etwas in ihr zerbrach.

Etwas Dunkles rast auf sie zu – ein Baumstamm? Giulia leistet keinen Widerstand, sie schließt die Augen; sie bringt es einfach nicht fertig, dem Tod ins Gesicht zu sehen.

Ist das der Tod? Ein Mund, der irgendwo an deinem Körper ansetzt und das Leben so wieder heraussaugt, wie es es hineingeblasen hat?

Für Giulia muß er sich an ihrer rechten Seite befinden, denn sie spürt, wie sie dort gepackt und gequetscht wird, und verwundert muß sie die Augen aufschlagen und weiß nun nicht mehr, was sie sagen soll, was denken, was tun, denn zwei knochige, dunkle Arme heben sie hoch in die Luft und dann ruft eine Stimme – *seine* Stimme – Jeans Stimme, dieselbe wie früher, nur tiefer, ihr zu: »*Amami!* Liebe mich!«

Und auch wenn sie immer und immer wieder getrennt werden von der riesigen Woge, überrollt, fortgespült, auseinandergeschwemmt wie Treibgut, versuchen beide weiterhin, zueinander zu gelangen, sie schaffen es, sie halten einander fest und klammern sich an den Kiel eines gekenterten Bootes, und es ist großartig, dort zu hängen, einer neben dem anderen, mitten im Wüten des Meeres, das alles mit sich fortreißt, einschließlich der Kleider, ihre Haut ist glänzend und straff, auch wenn sie jahrelang auf einander gewartet haben, jahrhundertelang, und wer weiß, ob sie noch Zeit vor sich haben, jetzt würden sie es nicht mehr ertragen, voneinander getrennt zu sein, und vielleicht gerade deshalb, weil sie sich so sehr lieben, oder weil er jetzt müde ist, bricht der Taifun ab, der Wind hört plötzlich auf, das Meer brodelt und schluchzt, der Wind pfeift und brummt, aber er hört auf. Verstummt. Alles ist plötzlich still, vollkommen still.

Dann geraten die Wassermassen langsam wieder

in Bewegung, sie fließen dorthin zurück, wo sie hergekommen waren, ins Meer.

Zurück bleiben zwei eng umschlungene Gestalten unter einer Decke aus Algen auf den roten, glitzernden Korallen.

56

AN EINEM WINDIGEN Tag, lange Zeit, nachdem die Spuren der beiden Liebenden sich verloren hatten, fand eine Frau, die unter Liebeskummer litt, Giulias Stein.

Den mit der Aufschrift »*Amami*«.

Die Frau war sehr berührt von diesem Wort, das ihr wohlbekannt war; es war ihr, als lese sie es zum ersten Mal. Sie hob ihn auf und nahm ihn mit nach Hause. Vielleicht hatte Gott ihn ausgespuckt, als er zum ersten Mal diesen Archipel benannte, dachte sie. Sicherlich ist es ein gesegneter Stein.

Sie betete inbrünstig, daß ihr Geliebter zurückkehre, legte sich den Stein auf der Höhe des Herzens auf die Brust und schlief ein.

Am Morgen danach wachte sie auf und weinte vor Freude: Ihr Geliebter war da und umarmte sie.

Diese Geschichte ging um die ganze Insel. Niemand wunderte sich, denn die Menschen dort glauben an Legenden und daran, daß alle Dinge eine Seele haben, auch die Steine. Und sie wissen, daß Wunder tatsächlich geschehen können.

Aus diesem Grund sind Giulias Steine sehr begehrt. Wer einen von ihnen besitzt oder findet, bewahrt ihn sorgfältig auf.

Und anläßlich von Festlichkeiten – die auf der Insel überaus zahlreich sind – kann man inzwischen immer öfter sehen, wie sie zusammen mit Blumen, Votivgaben und roten Lampions die Altäre schmücken.

Danksagung

Ich danke allen, Freunden wie »Fachleuten«, die mir mit Ratschlägen und Tips zur Seite standen.

Mein besonderer Dank gilt Samuel Fuyumi Namioka für seine Beratung zu allem, was Japan betrifft.

I. A.

SERIE PIPER

Ippolita Avalli

Die Göttin der Küsse

Roman. Aus dem Italienischen von Sigrid Vagt. 283 Seiten. SP 3069

Aus der Sicht des kleinen Mädchens Giovanna erzählt Ippolita Avalli die Geschichte einer italienischen Dorfkindheit in den sechziger Jahren. Klug, lebensmutig und mit ungebrochenem Optimimus gelingt es der kleinen Giovanna, sich in einer archaischen, für sie immer grausamer werdenden Welt zu behaupten. Nach dem frühen Tod ihrer Mutter muß sie ihren Platz neben einem übermächtigen, unberechenbaren Vater und dessen neuer Frau Maria behaupten. Zusammen mit ihrem Freund Omero und ihren Tieren, einem Lamm und einem Hund, schafft sie sich eine eigene Welt voller Poesie und ist im Einklang mit der eigentlich unwirtlichen Natur. Je härter ihr Leben wird, desto mehr wächst ihre innere Stärke. Doch eines Tages macht sie die schokkierende Entdeckung, daß ihre Eltern gar nicht ihre leiblichen Eltern sind, sondern sie aus dem Waisenhaus geholt haben. Giovanna begibt sich auf die Suche nach ihrer wahren Herkunft.

Susanna Kearsley

Mariana

Roman. Aus dem Englischen von Karin Diemerling. 350 Seiten. SP 2769

«Das ist mein Haus«, erklärte die fünfjährige Julia Beckett ihren Eltern, als sie zum ersten Mal »Greywethers« sah, das große Bauernhaus aus dem 16. Jahrhundert. Julia, inzwischen dreißig und erfolgreiche Illustratorin, erfüllt sich ihren Kindheitstraum und kauft das Haus. Sie liebt ihr neues Leben auf dem Land und findet schnell gute Freunde unter den Dorfbewohnern. Doch kaum ist Julia eingezogen, geschieht Seltsames mit ihr und läßt sie an ihrem Verstand zweifeln: Sie meint, das Leben von Mariana zu führen, einer unglücklich verliebten Dienstmagd, die 1665, zur Zeit der großen Pest, in diesem Haus gelebt hatte. Julia fällt es immer schwerer, zwischen Vergangenheit und Gegenwart zu unterscheiden. Susanna Kearsley ist mit diesem Buch eine spannende Mischung aus romantischer Liebesgeschichte und Historienroman gelungen.

Sergio Bambaren

Der träumende Delphin

Eine magische Reise zu dir selbst. Aus dem Englischen von Sabine Schwenk. 95 Seiten mit 10 farbigen Illustrationen von Heinke Both. SP 2941

Was du tust ist wichtig, wichtiger aber ist, wovon du träumst – und daß du an deine Träume glaubst. Dies ist die Botschaft, die wir von dem träumenden Delphin lernen können.
Der junge Delphin Daniel Alexander ist ein Träumer: Er ist davon überzeugt, daß es im Leben mehr gibt als Fischen und Schlafen, und so verbringt er seine Tage damit, nach seiner eigenen Bestimmung zu suchen. Sergio Bambaren erzählt eine wunderbare Geschichte über unseren Mut, unsere Ängste und unsere persönlichen Grenzen – ein Plädoyer für die selbstbestimmte Suche nach dem Sinn des Lebens und die Realisierung der eigenen Träume.

»Eine hinreißende Geschichte mit wunderschönen Illustrationen.«
MAX

Bernard Werber

Das Buch der Reise

Dein Weg zu dir selbst. Aus dem Französischen von Stephanie Oruzgani. 155 Seiten. SP 3058

»Das Buch der Reise« ist ein ungewöhnliches, ein erstaunliches Buch: Es spricht den Leser direkt an, nimmt ihn an der Hand und geht mit ihm auf eine spannende Reise durch die vier Elemente. Luft, Erde, Feuer und Wasser ermöglichen uns eine neue Sicht auf unsere Welt, unser Leben, unsere Vergangenheit und Zukunft. Es zeigt, wie wir zu mehr Kraft und innerer Gelassenheit gelangen können, wenn wir uns selbst in einem größeren Zusammenhang sehen. Wer sich auf dieses wunderbare Abenteuer einläßt, wird das Buch nicht mehr aus der Hand legen und noch Tage danach wie verzaubert sein. Ein Geschenk für alle, die sich von der Magie der Worte in neue, unbekannte Welten entführen lassen wollen, und eine Anleitung für all jene, die bereit sind für Träume der besonderen Art.

Anne Morrow Lindbergh

Halte das Herz fest
Die Hochzeit. Aus dem Amerikanischen von Maria Wolff. 258 Seiten. SP 513

»Halte das Herz fest« ist ein mutiges Buch, in dem sich eine Frau mitteilt, die jede Verherrlichung scheut und den Fragen und Konflikten des Daseins ihre ganze reife Persönlichkeit entgegenstellt.

Verschlossene Räume, offene Türen
Jahre der Besinnung. Aus dem Amerikanischen von Elisabeth Piper. 331 Seiten. SP 1658

Blume und Nessel
Jahre in Europa. Aus dem Amerikanischen von Elisabeth Piper. 371 Seiten. SP 1934

»Blume und Nessel« erzählt in Briefen und Tagebuchaufzeichnungen von den Jahren 1936 bis 1939, in denen das Ehepaar Lindbergh in Europa lebte, es ist die persönliche Geschichte zweier junger Amerikaner inmitten der Schönheit und Vielfalt der europäischen Szenerie. »Blume und Nessel« ist Dokument und erzählender Bericht, ein Buch zum tieferen Verständnis der Vorkriegsjahre, ein lebendiges Zeugnis einer von Arbeit und Pflichten geprägten, glücklichen Ehe.

Wind an vielen Küsten
Aus dem Amerikanischen von Elisabeth Piper. 184 Seiten. SP 653

Anne Morrow Lindberghs Aufzeichnungen eines Atlantikflugs zeugen von ihrer Sensibilität, ihrer Willenskraft, ihrem Abenteuergeist und von der erstaunlichen Zusammenarbeit des Fliegerehepaars Lindbergh.

Muscheln in meiner Hand
Eine Antwort auf die Konflikte unseres Daseins. Aus dem Amerikanischen von Maria Wolff. Übertragung der Gedichte von Peter Stadelmayer. 132 Seiten. SP 1425

Das Schönste von Anne Morrow Lindbergh
Herausgegeben von Elisabeth Piper. 477 Seiten. SP 2867